ÉPITRE

CONTRE

LES MUSES.

IMPRIMERIE DE J. TASTU,
RUE DE VAUGIRARD, N. 36.

ÉPITRE

CONTRE

LES MUSES,

PAR J. A,

PRIX : UN FRANC.

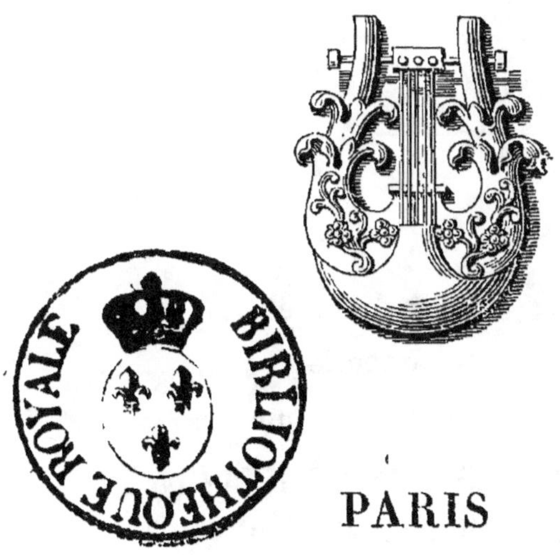

PARIS

CHEZ PONTHIEU, LIBRAIRE,

PALAIS-ROYAL.

*

1828

ÉPITRE

CONTRE

LES MUSES.

L'Auteur essaie de prouver que les ouvrages de poésie en général offrent des dangers très-graves, que le théâtre surtout doit être considéré comme une institution pernicieuse, et que le commerce des Muses est le plus souvent funeste à la vertu.

Oui, Blainville, dût-on me taxer de folie,
Et blâmer les écarts d'une verve impolie,
Sans me laisser duper par leurs feintes douceurs,
Je déclare aujourd'hui la guerre aux doctes Sœurs.
Laissons, laissons, s'il faut, de stupides poëtes,
Sous un joug sans honneur humilier leurs têtes;
Je ne puis me soumettre à ce culte nouveau
Pour des divinités filles de leur cerveau,

Je ris de leurs erreurs, et pour combler mes crimes,
Je prétends les combattre avec leurs propres rimes.

Tout beau, dira quelqu'un, à quoi bon ces transports?
Les Muses à vos yeux sans doute ont de grands torts!
Voyons, pour émouvoir de semblables querelles,
Quels sont donc les griefs que vous avez contre elles?

Mes griefs, dites-vous, ils sont très-sérieux;
Écoutez un instant; vous en jugerez mieux.

Je ne veux point ici par argumens en forme
Montrer l'utilité d'une juste réforme;
Mais sur un tel sujet parlons sans passion :
Faut-il leur prodiguer tant d'adulation?
Jamais à leur école a-t-on vu quelque sage
Faire de la vertu le dur apprentissage?
Répondez, je vous prie, et que sont les leçons
Que l'on leur voit dicter à leurs chers nourrissons?
Rien de plus à mon gré que des discours frivoles,
Que des préceptes vains, et des maximes folles,
Qu'un lait pernicieux, germe d'affreux tourmens,
Qui flétrit dans les cœurs les plus doux sentimens.
En effet, au milieu de cette noble race
Qu'on voit à flots pressés assiéger le Parnasse,

En trouverez-vous un, parlez sincèrement,
Chez qui l'amour du bien agisse un seul moment,
Et qui pour la vertu se prenant d'un beau zèle,
Dans le double vallon coure à grands pas vers elle ?
Non, chacun en secret admire ses travaux,
Relève son mérite, abaisse ses rivaux,
Chacun est tout entier à sa gloire future,
Et ne voit que lui seul dans toute la nature.
De maîtres insensés disciples malheureux,
Voilà de leurs leçons les effets dangereux !
On s'égare, on se fie à leur vaine promesse,
Et l'on court se noyer dans les eaux du Permesse.

Ah ! sans être séduit par ces trompeurs appâts,
Le sage en son chemin ne fait point de faux pas ;
Il garde autant qu'il peut ses actions secrètes,
Peu jaloux qu'embouchant ses bruyantes trompettes,
L'agile Renommée annonce à l'univers
Sa gloire, ses hauts faits et surtout ses travers.
Blainville, formons-nous à cette seule école.

Mais poursuivons, il faut que je tienne parole,
Et contre les neuf Sœurs j'aurai plus d'un grief ;
Exposons-les sans crainte et tâchons d'être bref.

On le sait, les anciens, gens fort hyperboliques,
Portaient jusques au ciel les poëtes épiques.
Dignes d'être adorés par les autres mortels,
C'étaient des dieux à qui l'on dressait des autels.
On vit pourtant, on vit contre de tels usages
S'élever et gronder la voix de quelques sages,
Et quand partout d'Homère on vantait les écrits,
Platon les condamnait aux yeux des Grecs surpris.
Eh ! sans doute aussi bien que la Grèce et l'Asie,
Il louait, admirait sa riche poésie,
De ses accens divins la sublime hauteur,
Et le magique éclat de son style enchanteur.
Mais de nos passions connaissant la nature,
Il craignait encor plus leur fidèle peinture,
Et d'un poison subtil les élémens secrets,
Mêlés dans le doux jus qu'ils buvaient à longs traits ;
De ses devoirs jamais n'abandonnant la ligne,
Il craignait d'un tel art l'influence maligne,
Les funestes erreurs où se livrent nos sens,
Et des neuf déités les accords séduisans.
Ainsi d'un tel censeur, plus sages que la Grèce,
Gardons-nous de blâmer la prudente rudesse.
Applaudissons plutôt à ce zèle hardi
Que de vains préjugés contr'eux avaient roidi,
Qui lui faisait braver les clameurs du vulgaire,

Et qui ne put jamais se lasser ni se taire.

— Mais contre Homère seul il soutint son assaut.

— De vingt siècles sans doute il ne put faire un saut,

Pour combattre à la fois tous les futurs poëtes ;

Mais l'arrêt qu'il porta pèse aussi sur leurs têtes,

Et Virgile, et le Tasse, et Milton leur vainqueur

N'en auraient pu fléchir l'inflexible rigueur.

Il les bannissait tous hors de sa république.

Il est vrai, c'est au son d'une douce musique

Qu'on fêtait leur retraite, et que joyeux, chantant,

Presque avec l'appareil d'un triomphe éclatant,

Jusques à la limite où finissait l'empire,

Le peuple accompagnait ces enfans de la lyre ;

De roses et de lis on couronnait leur front ;

Mais leur victoire enfin n'était rien qu'un affront.

Or donc, quoique aujourd'hui l'on ait pour eux en France,

Blainville, et plus d'égards et plus de tolérance,

Au sage Grec soumis plutôt qu'à nos rhéteurs,

N'allons pas nous commettre à ces beaux séducteurs.

Écartons loin de nous ces Muses protectrices,

Qui bientôt imposant leurs lois et leurs caprices,

Détourneraient nos pas de notre vrai chemin,

Et pour nous perdre mieux nous offriraient la main.

Je ne conteste point à ces enchanteresses,

Et leur esprit malin, et leurs grâces traîtresses ;

Au contraire, je suis leur admirateur né,

Et malgré ma raison mon cœur est fasciné.

Quelquefois même après nos plus vives querelles,

Moi, je suis le premier à revenir vers elles,

Semblable à ces amans d'un nœud étroit liés,

Accusant leur maîtresse et tombant à ses piés.

Qui pourrait, en effet, se soustraire à leurs charmes,

Et contre leurs assauts aurait toujours des armes ?

Où donc est le Caton en tout temps cuirassé,

Qui de leurs doux regards ne fût jamais blessé ?

Non, non, de la vertu point de zélé disciple

Qui n'ait senti parfois leur atteinte invincible ;

Nul mortel ne résiste à leurs divins attraits,

Nul cœur n'est assez dur pour repousser leurs traits.

Ces reines d'Hélicon en leur essor sublime,

Des monts aux flancs glacés nous font franchir la cime,

Et traçant dans les airs un sillon lumineux,

Monter jusques au ciel à travers mille feux ;

Elles nous font siéger dans le conseil suprême,

Admirer de Jupin l'éclatant diadème,

De Junon, de Pallas, la noble majesté,

De l'aimable Cypris la grâce et la beauté ;

Tandis que sous nos pieds, abaissant les nuages,

Brillent d'affreux éclairs, grondent les noirs orages,

A nos regards surpris montrent ce beau séjour ;
Elles nous font toucher jusqu'aux portes du jour ;
Prenant place au banquet de la troupe choisie,
Nous font goûter enfin la céleste ambroisie,
Et par la main d'Hébé, d'un souris gracieux,
Nous verser le nectar dont s'abreuvent les dieux.
Dans leur rapide cours il n'est jamais d'obstacles ;
Leur empire partout si fécond en miracles,
Ne connaît point de borne en ce vaste univers ;
Il embrasse les cieux, la terre, les enfers.
Voyez, voyez grandir à la voix de ces fées
Plus puissante cent fois que celle des Orphées,
Ces superbes palais où l'onyx précieux,
Où l'or et les rubis éblouissent les yeux,
Élevant jusqu'au ciel leurs dômes magnifiques,
Où régnent à l'entour d'innombrables portiques,
Surpassant en éclat les palais des Césars,
Chef-d'œuvre du génie ainsi que des beaux-arts.
Voyez cette campagne aride, inanimée,
En jardins odorans leur main l'a transformée,
Et dans l'ardent été, s'il faut la rafraîchir,
Fait tomber la rosée, haleiner le zéphir.
Les fleurs sont sous leurs mains toujours fraîches écloses,
Des plus hideux chardons leur souffle fait des roses.
L'enfer même, l'enfer au sein de ses horreurs,

Touché de leur baguette, enchante nos terreurs,

Et sur les bords du Styx, tout glacé d'épouvante,

L'on marche aux doux accords de leur lyre savante ;

L'on entre dans la barque où l'avare Caron

Tient sans cesse occupé le fatal aviron ;

L'on brave les serpens dont la noire Euménide

Arme une main terrible, entoure un front livide,

Du gardien de ces lieux les affreux aboîmens,

Sa triple et large gueule et ses longs hurlemens ;

L'on voit se répandant en des menaces vaines

Les méchans accablés sous le poids de leurs chaînes,

Le coupable Ixion sur sa roue emporté,

Tantale au sein des eaux par la soif tourmenté ;

Jusques aux lieux enfin où siége Rhadamante,

L'on suit, l'on suit toujours cette troupe charmante.

En un mot sous nos yeux variant leurs tableaux,

Nous les voyons créer cent prodiges nouveaux.

Mais je l'ai dit, malheur, malheur aux cœurs timides,

Qui trop épris d'amour pour ces belles Armides,

N'osent rompre le fil qui les tient enchaînés ;

A vivre sans honneur je les vois condamnés.

Et destiné peut-être à marquer dans l'histoire,

Se laissant abuser par une fausse gloire,

Plus d'un Renaud moderne, en sa molle langueur,

Aux pieds de ces beautés rampera sans vigueur.

O vous donc qui brûlant d'une ardeur indiscrète,
Croyez sentir du ciel l'influence secrète,
Gardez-vous d'imiter ces jeunes insensés
D'un vain espoir séduits, à servir empressés.
Et vous de qui l'esprit moins facile à séduire,
Sait que l'art de charmer est souvent l'art de nuire,
Qui ne partagez point le trop commun travers
De mesurer des sons et de rimer des vers,
Fuyez, fuyez aussi ces aimables syrènes ;
Redoutez de leurs chants les beautés souveraines,
La douce mélodie et les tendres accens ;
Ils égarent nos cœurs, ils enivrent nos sens,
Et pénétrant nos os d'une subtile flamme,
Apportent le désordre et le trouble dans l'ame.
Pour moi, de leur courroux après tout je me ris,
Et ne veux devenir un de leurs favoris ;
J'admire fort Homère, et Virgile, et le Tasse,
Mais j'approuve Platon, et pour eux plus de grâce.

Cependant je vous vois tout prêt à riposter,
Et d'une objection vous allèz m'arrêter :
— Ah ! c'est trop s'effrayer d'un pouvoir chimérique ;
Qui voit-on de nos jours lire un poëme épique ?
— J'en conviens, en effet, autres temps, autres mœurs ;
Chaque siècle a son goût, ses plaisirs, ses humeurs.

— Où donc est le danger ? — Vous pensez me confondre ;
Un instant, en deux mots, je m'en vais vous répondre.

Dites-moi, je vous prie, amateur des beaux vers,
N'est-il pas certains lieux à nos plaisirs offerts,
Fort courus à Paris, presque autant en province,
Attirant à la fois le bourgeois et le prince,
Où les Muses, je crois, ont un facile accès,
Et qui pourraient servir à juger le procès ?
Eh bien, soit, j'y consens ; entrons donc au théâtre,
C'est là que je prétends achever de vous battre.
Voyons un peu, voyons vos acteurs se mouvoir :
Je ne me laisse pas aisément décevoir,
De tous leurs beaux discours je dépouille l'écorce,
Et résiste sans peine à leur trompeuse amorce :
Eh bien, que disent-ils, que font-ils sous nos yeux ?
Pensez-vous qu'emportés par un zèle pieux,
Sur l'autel de l'honneur immolant tous les vices,
Nous les verrons offrir de nobles sacrifices ?
Non, ce n'est pas ainsi qu'on enchante les sens.
Dans ces jeux pleins d'attraits nos poëtes puissans
Un peu mieux de leur art connaissent les ressources ;
Ils ne savent que trop puiser à d'autres sources ;
L'honneur ni la vertu ne leur fourniraient pas
Les armes qu'il leur faut pour livrer leurs combats.

Non , non , pour triompher ils en ont de plus sûres ,
Et qui font dans les cœurs de profondes blessures.
Écoutons bien comment ils usent de leurs droits ,
Comment ils font parler leurs héros et leurs rois.
Eh quoi ! Pyrrhus, Hector, Énée, Oreste, Achille , ..
Tous, d'un accord commun, n'auront qu'un même style ?
Eh quoi ! loin de montrer aux spectateurs ravis
Des exemples divins dignes d'être suivis ,
Nous les verrons, formés sur un méchant modèle ,
Nous découvrir un cœur au seul vice fidèle ?
Eh quoi ! tous animés des mêmes sentimens
Viendront nous débiter les fadeurs des amans ,
Tous dévorés du feu qui consume leurs ames ,
Sans honte , sous nos yeux , pleurer comme des femmes ,
Et dans leur désespoir, d'un transport odieux ,
Des maux qu'ils se sont faits tous accuser les Dieux ?
Quoi ! nous partagerons leurs haines, leurs alarmes !
Quoi ! Phèdre incestueuse excitera des larmes !
Quoi ! notre esprit charmé par un art dangereux
Absoudra Mahomet de ses crimes affreux !
Sur le corps tout sanglant du vertueux Zopire ,
Vainqueur nous le verrons s'élever à l'empire ,
Et loin d'être indignés contre cet imposteur ,
Nous pourrons admirer sa gloire et sa grandeur !
Quoi ! sans nous révolter le parricide Atrée ,

Vantera devant nous sa vengeance exécrée !
Enfin Catilina, ce chef de scélérats
Tous odieux au peuple, aux grands, aux magistrats,
Ce traître citoyen, cet ennemi de Rome,
A nos yeux fascinés sera presque un grand homme !
Ah ! vous en conviendrez, c'est par trop abuser
Du droit de tout confondre et de tout renverser.
Je sais, je sais pourtant, j'en conviendrai moi-même,
Et ne veux rien cacher qui nuise à mon système,
Je sais bien qu'en dépit de ces lâches propos
Dont on ose souiller la bouche des héros,
Je sais bien qu'au milieu de ces discours infâmes
Qui soulevant contre eux toutes les belles ames,
Loin de nous égarer dans leur fatale erreur,
Ne nous devaient remplir que d'une juste horreur,
L'on entend quelquefois de nobles personnages
Prôner de la vertu les heureux avantages :
Je sais bien qu'à Narcisse opposant son Burrhus,
Racine triompha des censeurs de Pyrrhus.
Leurs leçons, leur exemple, oh ! j'en conviens, sans doute,
Méritent qu'on les loue, et que l'on les écoute.
Alors le spectateur qu'un beau trait vient saisir,
Dans de nouveaux accens goûte un nouveau plaisir,
Et voyant de l'honneur les routes inconnues,
S'agite, hors de lui, transporté jusqu'aux nues.

—Eh bien, me direz-vous, voilà donc la vertu,
Et l'esprit par les sens est en vain combattu!
Voilà l'heureux effet de ces discours sublimes
Qui charment notre oreille en vers ornés de rimes!
—Non, c'est de la vertu sans force et sans vigueur,
Qui ne saurait jamais pénétrer jusqu'au cœur,
Qui passe comme une ombre, en naissant presque morte,
Qu'on accueille un instant, qu'on dépouille à la porte.
Comme l'acteur quittant le masque convenu,
Dehors le spectateur à plus rien n'est tenu;
Chacun reprend alors son véritable rôle;
Le bien fuit, le mal reste; ô l'excellente école!
Comptez les gens d'honneur que le théâtre a faits,
Et puis venez encor m'en vanter les effets!
Vantez, vantez après ces œuvres du génie,
Belles de tant d'éclat, de pompe et d'harmonie,
Étalant à nos yeux de si riches couleurs,
Et cachant leur venin sous l'écorce des fleurs!
Quant à notre Opéra, ce pays de merveilles,
Où tout flatte et séduit.les yeux et les oreilles,
Où la vertu toujours est allée à vau-l'eau,
Je dois vous renvoyer à mon maître Boileau.

Ainsi dans ce débat contre les neuf déesses,
Je suis, vous le voyez, fidèle à mes promesses;

J'ai loué leur mérite, admiré leurs accords,
Et fait toucher au doigt mes griefs et leurs torts.

Mais je dois l'avouer, ce qui trouble ma bile,
C'est de voir de rimeurs une foule imbécile,
Pareils dans leur ardeur à d'importuns bourdons,
Les harceler sans cesse et mendier leurs dons.
A tout prix, il leur faut par d'immortels ouvrages,
De l'univers entier conquérir les suffrages,
Ceindre leur noble front d'un laurier radieux,
Et partager l'encens que l'on adresse aux dieux.
La gloire enfin, la gloire est leur unique affaire,
Ils songent à bien dire, et jamais à bien faire.
Parlez auteur fameux, dont les savans écrits
D'une foule envieuse ont soulevé les cris,
Qu'avez-vous fait du jour où sorti du collége,
D'être inutile enfin perdant le privilége,
Vos chers concitoyens qui ne sont pas tous fous,
Avaient droit d'espérer quelque chose de vous ?
Qu'avez-vous fait ? Parlez.— J'ai fait six tragédies,
Des odes, des discours, quatre ou cinq comédies,
Des stances, de sonnets et même des chansons,
Enfin j'ai fait des vers de toutes les façons.
— Est-ce là tout ?— Eh bien, que faut-il donc encore ?
— Bien autre chose. — Et quoi ? Sur ma foi, je l'ignore.

— Vous l'ignorez, tant pis. — Venez à mon secours.
— Qu'importe, dites-moi, qu'un poëme, un discours,
De vos récens chefs-d'œuvre enfle le nouveau tome ?
C'est peu d'être poëte, il faut être honnête homme.
Sur les lois du devoir il faut régler ses pas,
Mépriser les affronts et ne s'en venger pas,
Montrer un cœur toujours fidèle à la justice,
Zélé pour la vertu, plein d'horreur pour le vice,
Défendre l'orphelin, plaindre les opprimés,
Enfin être honnête homme, et puis après rimez.

Et vous, Blainville, et vous, dont l'ame sage et belle,
Au joug de la vertu ne fut jamais rebelle,
Mais qui dans l'âge encore où les illusions
Séduisent notre cœur, flattent nos passions,
Vous laissant emporter par quelque vain délire,
Pourriez tenter aussi de saisir une lyre,
Pratiquez ces avis, soyez homme de bien,
C'est le point capital, tout le reste n'est rien.
Fermez, fermez l'oreille à de sottes maximes,
Vos bonnes actions vaudront mieux que des rimes.
Ah ! vous serez alors, j'en dois faire l'aveu,
Peu chéri des neuf Sœurs, mais agréable à Dieu,
Jeune homme, et le laurier qui ceindra votre tête,
Est plus noble et plus beau que celui du poëte.